À Colette et Samuel.
A. C. H.

À Marie, super directrice
de l'école de la Vieille-Lyre
et à ses élèves.
M. P.

www.flammarion-jeunesse.fr

Éditions Flammarion – 82, rue Saint-Lazare – CS 10124 – 75009 Paris
ISBN : 9782080444233 - N° d'édition : L.01EJEN002286.N001 / 626389-0
Dépôt légal : juin 2024
Imprimé au Portugal par Norprint – avril 2024
Loi n° 49-956 du 16 juillet 1949 sur les publications destinées à la jeunesse

Vive la récré !

Texte
d'Astrid Chef d'Hotel

Illustrations de
Marie Paruit

PÈRE CASTOR

Dans la classe, tout est calme.
Les grands écrivent des mots,
les moyens jouent aux dominos,
et les petits colorient
des drapeaux.

F
L
LOU

Sam, Eva et Livio sont concentrés
sur leur travail quand,
tout à coup, maître Blaise
fait sonner la cloche.
DING DING !
C'est l'heure de la récréation.

LUNDI MARDI

Il faut tout ranger :
les crayons dans les trousses,
les dominos dans leur boîte
et les feutres sur l'étagère.
Ensuite, il faut se mettre en rang :
deux par deux, sans faire de bruit.

ARDI
OCTOBRE
OVEMBRE

Dans la cour, Sam découvre
des balançoires, un toboggan
et même un potager.
Mais ce qui lui fait vraiment envie,
ce sont les véhicules.
Maître Blaise est en train
de les sortir du garage.

8
7
5

Livio prend un grand vélo bleu.
Eva attrape une trottinette rouge.
Sam choisit une draisienne orange.
Les trois amis s'élancent
dans la cour en souriant.

3
4
8

Eva se prépare à slalomer.
Elle serre le guidon.
D'un geste précis, Eva pousse avec sa jambe, et la trottinette lui obéit parfaitement.

4

De l'autre côté de la cour,
une course se prépare.
Les grands sont sur leurs vélos.
Ils attendent le départ.
Maître Blaise a accroché
les drapeaux :
c'est la ligne d'arrivée.
3… 2… 1… PARTEZ !

3
2
7
9

Livio démarre à toute vitesse,
il pédale comme un chef.
Rapide comme l'éclair, il fonce.
Sam observe le spectacle.
Il rêve de savoir pédaler
comme Livio.

1
5
8
3

Pour l’instant, Sam essaie
de dompter son bolide,
et ce n’est pas si facile !
Le guidon tourne et Sam penche
à droite, à gauche…
Il doit redoubler d’efforts
pour avancer quand soudain :
DING DING !
La récréation est terminée !

8

Les trois amis se retrouvent
dans le rang. Livio a gagné
la course et Eva a brillé
sur sa trottinette.
Sam est sûr qu'il arrivera
à apprivoiser sa draisienne.
Il a hâte de recommencer !

Dico mot-image

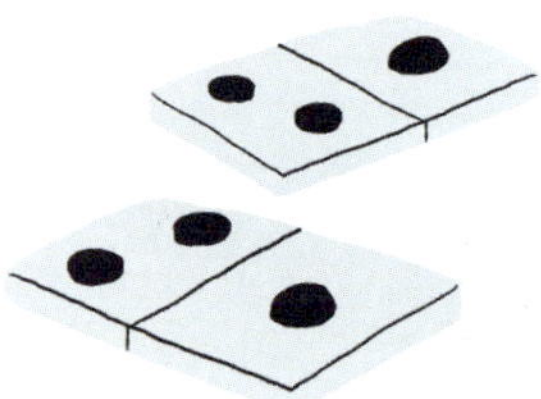

les dominos

la récréation

l'étagère

le garage

la draisienne

la trottinette

le vélo

l’éclair

le guidon

le rang

Je joue pour bien comprendre

1 **De quelles couleurs sont ces drapeaux ?**

Réponse : 1-bleu, 2-vert, 3-jaune, 4-rouge, 5-rose.

2 Qui gagne la course ?

Saskia Livio Thomas

3 Vrai ou Faux ?

La trottinette d'Eva est verte.

Réponses : 2) Livio ; **3)** Faux, sa trottinette est rouge.

Retrouve les histoires de

Je suis en maternelle